KB086108

올랑즈 클럽

○△×의 세계

시작하는 소설, 시소
올림픽 클럽 ○△×의 세계

초판 1쇄 발행 2023년 4월 28일

글쓴이 조규미
그린이 김태균
편집장 천미진
편집책임 김현희
편 집 최지우
디자인책임 최윤정
마케팅 한소정
경영지원 한지영

펴낸이 한혁수
펴낸곳 도서출판 다림
등 록 1997. 8. 1. 제1-2209호
주 소 07228 서울시 영등포구 영신로 220 KnK디지털타워 1102호
전 화 02-538-2913 **팩 스** 070-4275-1693
다림 카페 cafe.naver.com/darimbooks
블로그 blog.naver.com/darimbooks
전자 우편 darimbooks@hanmail.net

ISBN 978-89-6177-310-2 (42810)

올랑즈 클럽

○△×의 세계

글 조규미
그림 김태균

1.

짧은 여름 방학이 끝나고 2학기가 시작되었다. 오랜만에 만난 아이들은 서로의 안부를 묻느라 바빴다. 오늘따라 늦잠을 자는 바람에 간신히 지각을 면한 모영은 아이들이랑 손 인사만 하고 자리에 앉았다.

1교시 수업이 시작될 때가 되었는데도 담임 선생님이 나타나지 않았다. 아이들이 뭔가 이상하다고 느낄 무렵, 부담임이 교실 앞문을 열었다. 잠시 숨을 고르는 모습을 보니 급하게 뛰어온 모양이었다.

"여러분, 담임 선생님이 교통사고를 당하셔서 오늘 못 오십니다."

갑작스러운 사고 소식에 교실은 순식간에 소란스러워졌다. 옆에 앉은 아이를 붙들고 '어떡해!'를 연발하거나 너무 놀라 입을 틀어막는 아이도 있었다.

"헐, 무슨 일이야?"

모영도 놀라서 중얼거렸다. 1학기 때 학급 회장이었던 선주가 질문했다.

"많이 다치셨나요?"

"조금 전에 전달받아서 나도 자세한 건 몰라요. 정확하게 알아보고 알려 줄게요."

부담임이 침울한 표정으로 말하며 덧붙였다.

"개학하자마자 이런 일이 생겨서 참 안타깝네요. 여러분이 별 탈 없이 잘 지내야 담임 선생님도 안심하실 테니 다들 각자 할 일 잘 챙기도록 합시다. 그리고 회장은 혹시라도 무슨 일 있으면 나한테 알려 주고……."

선주가 얼른 고개를 끄덕였다. 부담임이 나가자 교실은 다시 시끄러워졌다.

“설마 차에 치인 건 아니겠지?”

뒤에 앉은 아이가 물었다. 모영은 왠지 가벼운 사고가 아닐 것 같았다.

“접촉 사고였으면 학교 왔겠지. 병원에 실려 갔으니까 못 온 거 아냐?”

뒷자리 아이가 걱정스러운 표정을 지으며 말했다.

“쌤한테 전화해 볼까?”

“하지 마. 수술 중일지도 모르잖아.”

“뭐? 수술?”

“어떤 상황인지 모르니까 우선 기다려 보자.”

“그렇긴 해. 우리가 나설 일은 아니지.”

교실 안이 들끓자 선주가 검지를 입술에 갖다 대며 말했다.

“애들아. 곧 수업 시작하니까 조용히 하자.”

시끄럽던 교실이 삽시간에 조용해졌다. 1교시 수업 시작을 알리는 종이 울렸다.

다음 날에도 담임 선생님은 오지 않았다. 조회 시간에 부담임은 담임 선생님이 입원해 있으며, 크게 다친 것은 아니라고만 이야기했다. 그래서 당분간은 자신이 담임 선생님 역할을 할 것이라고 했다. 조회 시간이 끝나고 선주가 교탁 앞으로 나갔다.

“오늘 아침에 담임 선생님께 연락이 왔는데 오른쪽 다리와 발목이 골절됐대. 어제 수술하셨고 회복하기까지 시간이 꽤 걸린다고 하셔. 선생님이 연세가 있으시니까 아무래도 회복이 더디실 것 같아.”

교실 여기저기에서 탄식이 흘러나왔다. 몇몇 아이들이 어제 연락을 했을 때는 전화도 받지 않고 문자 답변도 없었다고 했다. 하지만 선주한테는 직접 연락한 모양이었다. 담임 선생님은 학기 초부터 선주를 신임했다. 선주는 성적도 상위권에 교복도 단정하고 행동도

의젓해서 어디로 보나 회장감이었다. 담임 선생님이 학기 첫날부터 선주에게 임시 회장 역할을 맡기자 그런 분위기를 타고 선주는 자연스레 회장으로 뽑혔다. 1학기 내내 아이들은 선주의 말을 잘 따랐다. 그래서인지 전날 담임 선생님 없이 진행된 2학기 임원 투표에서 선주는 또다시 회장으로 뽑혀 반을 이끌게 되었다.

"당분간 부담임 선생님이 담임 선생님 역할을 대신할 것 같은데, 너희도 알다시피 선생님이 담임 경험도, 입시 경험도 없으시잖아……."

부담임은 서른 안팎의 남자 선생님인데 원래 성격이 그런 건지 임용된 지 얼마 안 돼서 그런 건지 누가 봐도 어리바리해 보였다. 선주는 말을 줄였지만 아이들은 선주의 표정으로 뒷말을 짐작할 수 있었다.

'부담임이 뭘 알겠니, 애들아.'

선주가 다시 말을 이었다.

"담임 선생님이 쌤 없다고 해이해지지 말고 다음 주

에 치루는 모의고사 준비 잘 하래. 학교에 돌아오시면 이번 모의고사랑 2학기 중간고사 성적 놓고 개인 상담하신대."

개인 상담이라는 말에 아이들은 숨을 삼켰다. 담임 선생님이 학교에 나오지는 않았지만 가까이서 지켜보고 있는 것만 같았다. 선주 말은 틀린 게 없었다. 아이들은 담임 선생님이 없다고 분위기가 나빠지면 그 피해가 고스란히 자신에게 돌아온다는 사실을 잘 알고 있었다.

여느 때처럼 아이들은 선주의 말을 잘 들었다. 담임 선생님이 없다고 해서 달라진 점은 없었다. 고삐 풀린 느낌이라든가 분위기가 산만해질 기미는 전혀 없었다. 종례하러 왔던 부담임도 교실 분위기가 차분해서 안심하는 눈치였다. 이번에도 최소한의 전달 사항만 전하고 내빼듯이 사라져 버렸다.

모영은 얼른 가방을 챙겨 희지 자리로 갔다. 둘은

1학기 내내 단짝이었다.

"담임 말이야. 안됐다, 그치?"

교실 문을 나가며 모영이 묻자 희지가 고개를 끄덕이며 말했다.

"응. 안됐어. 근데……."

"근데 뭐?"

희지가 살짝 어깨를 으쓱하며 말했다.

"나는 왜 이렇게 마음이 가볍지?"

희지의 솔직한 대답에 모영이 웃음을 터뜨렸다.

"내 말이. 솔직히 날아갈 것 같은 기분이야. 갑자기 학교생활이 너무 즐거워졌어."

담임 선생님은 막말을 한다든가 누군가를 콕 집어 미워하는 스타일은 아니었다. 하지만 존재 자체만으로 분위기를 무겁게 만들었다. 학기 첫날 담임 선생님은 자신을 이렇게 소개했다.

"요즘은 많이 나긋나긋해졌지만 예전에는 내가 좀

악명 높았어요. 별명이 '미선 씨'였거든요."

'미선 씨'라는 별명이 어때서 그러지? 별명과 악명 사이의 공통점을 발견하지 못한 아이들이 눈만 껌뻑거리자 담임 선생님은 씩 웃으며 말했다.

"미선 씨는 미친 선생의 준말이죠."

아이들이 '쿡' 하고 웃음을 터뜨렸다.

"다 젊었을 때 이야기지만 그래도 성적만큼은 깐깐하게 관리할 거예요. 그게 담임 선생님이 할 일이잖아요?"

많이 나긋나긋해진 '미선 씨'는 큰소리치지 않으면서도 아이들을 주눅 들게 하는 힘이 있었다. 모영이 역시 담임 선생님이 교실에 있으면 숨이 막히는 것 같은 기분이 들었다. 모영만 그런 건 아닐 것이다. 희지도, 다른 아이들도 비슷할 것이다. 어쩌면 선주는 예외일지도 모른다. 선주는 담임 선생님이 있을 때 더 기가 사는 것 같았다. 물론 모영의 생각일 뿐이다.

"담임의 불행이 우리의 행복?"

희지가 계단을 내려가며 큰 소리로 웃었고 모영도 따라 웃었다. 그때 앞서 내려가던 아이 하나가 돌아봤다. 선주였다. 무표정한 얼굴이었지만 둘은 웃음을 멈추었다. 선주가 시야에서 사라진 후 모영이 희지에게 물었다.

"설마 선주가 담임한테 이르는 건 아니겠지?"

희지가 손사래를 치며 웃었다.

"에이, 말도 안 돼."

희지의 말을 듣자 안심이 되었다. 모영이 매사 소심한 것에 비해 희지는 대범한 편이었다. 하고 싶은 말을 꿀꺽 삼킬 때가 많은 모영은 할 말은 하는 희지가 시원시원해서 좋았다.

2.

담임 선생님이 사라진 교실은 꽉 조여 있던 나사가 살짝 헐거워진 것 같았다. 율라의 목소리가 교실의 느슨해진 공기를 갈랐다. 다른 어떤 날보다 높고 큰 목소리였다.

"나, 이거 샀다!"

율라가 뭔가를 꺼내 아이들에게 보여 주었다.

"아! 그거 봤어. 퀴니가 하고 나왔잖아."

누군가 아는 척을 했다. 퀴니는 유명한 모델인데, 십

대들이 좋아하는 브랜드 광고를 많이 했다. 자신의 SNS에 협찬받은 제품의 착용 샷도 자주 올려서 댓글 창에는 제품 정보를 알려 달라는 댓글도 많이 달렸다. 이번에 퀴니가 광고한 제품을 율라가 산 모양이었다.

"맞아. 너도 봤구나?"

율라의 목소리가 한 톤 더 올라갔다. 알아보는 아이가 있어서 기분이 좋은 듯했다. 모영은 슬쩍 그쪽을 쳐다봤다. 율라의 손에 새로 산 카드 지갑이 들려 있었고 율라를 둘러싼 아이들이 부러움 가득한 눈으로 그 물건을 쳐다봤다.

율라는 고등학생인데도 비싼 물건을 종종 들고 다녔다. 듣기로는 집이 제법 잘사는 것 같았다. 지난 학기에도 율라가 저렇게 뭔가를 사면 아이들이 부러워했고 몇몇 애들은 율라를 따라서 그 물건을 사곤 했다.

"만져 봐도 돼?"

"물론이지."

율라와 아이들의 수다가 계속되자, 선주가 입을 열었다.

"얘들아, 선생님 오실 시간 됐어."

"아, 미안 미안."

율라가 다소 과장된 제스처로 사과하며 자리에 앉았다. 주변에 모였던 아이들도 자리로 돌아갔다. 하지만 그 아이들은 앉은 채로 목소리를 낮추고 이야기를 계속했다. 누가 농담이라도 했는지 킥킥거리며 웃었다.

1학기에도 흔히 보았던 장면이었다. 이럴 때 선주는 떠드는 아이들을 조용히 시키고 공부 분위기를 해치는 행동을 제지하는 등, 이런저런 교통정리를 하곤 했다. 하지만 오늘은 좀 달랐다. 율라와 아이들은 선생님이 들어오는 순간까지 목소리를 낮춘 채 소곤대며 이야기를 나눴지만 선주는 아무 말도 하지 않았다.

다음 날, 담임 선생님이 전치 10주 진단을 받았다고 선주가 전했다. 하지만 완전히 회복되려면 그 이상의 시간이 필요할 것이라고 했다. 모영이 뒤에 앉은 희지를 돌아보며 말했다.

"늙으면 뼈도 안 붙는다며? 우리 담임도 조심해야 하는데."

"그니까 말이야. 그냥 겨울 방학까지 푹 쉬시지."

희지가 눈을 찡긋하며 말했다. 희지는 며칠 전부터 모영의 뒷자리에 앉았다. 희지와 모영이 친한 것을 아는 뒷자리 아이가 희지에게 자리를 바꾸자고 했다. 희지 앞자리에 앉은 아이와 같은 학원에 다니는데 숙제를 베끼려면 가까이 앉아야 한다고 했다. 담임 선생님이 있으면 생각도 못 할 일이지만 부담임은 아이들 이름과 얼굴을 아직 외우지 못한 상태라 자리를 바꿔도 알아채지 못했다.

담임 선생님이 학교에 안 나온 지 일주일이 지났지만 부담임은 여전히 학급의 사소한 일도 선주에게 물어본 후 처리했다.

"선주야, 잠깐."

조금 전에도 부담임이 조회를 마치고 나가며 선주를 불렀다. 다음 주에 있는 진로 특강 신청 때문에 그러는 것 같았다. 선주도 귀찮다고 생각하기보다는 나름 이런 상황을 즐기는 듯했다. 다른 아이들 역시 불만이 없어 보였다. 아니, 오히려 담임 선생님의 살벌한 레이더망이 사라지자 은근히 좋아하는 눈치였다. 특히 율라가 제일 신났다.

율라는 말하자면 3반의 인플루언서였다. 공부보다는 패션, 메이크업, 최신 유행 아이템 등에 관심이 많았다. 특히 퀴니를 좋아해서 퀴니의 SNS에 등장하는 여러 브랜드를 샅샅이 꿰고 있었다. 율라는 본인이 직접 스타일링한 사진을 찍어 SNS에 올리기도 했다. 평소에는 교복을 입고 있어서 눈에 띄지 않았지만 사복을 입은 율라의 모습은 꽤 세련되었다. 율라의 남다른 감각은 많은 사람의 인정을 받았다. 율라의 SNS 팔로워 수가 그 인기를 말해 주었다.

"율라 사진은 뭔가 달라. 똑같은 걸 찍어도 율라가 찍은 게 훨씬 힙해."

아이들이 칭찬하자 율라가 신나서 대답했다.

"단순히 각도나 카메라 문제가 아냐. 보는 눈이 달라야 해."

이렇게 말하며 율라는 허리를 곧게 펴고 눈을 내리깐 채 주변을 휘휘 둘러보았다. 아이들은 그 모습을 보며 깔깔대고 웃었다.

율라와 친한 몇몇 아이들이 율라를 따라서 카드 지갑을 샀다. 퀴니가 광고하는 그 제품은 '올랑'이라는 브랜드에서 나온 신제품이었다. 올랑의 'ㅇ'를 형상화한 브랜드 로고가 크게 박혀 있는데, 한눈에 봐도 고급스러운 느낌이 풍겼다. 율라는 아이들과 둥그렇게 서서 올랑 카드 지갑을 내밀고 위에서 사진을 찍은 후 #올랑 #카드지갑 등의 해시태그를 달아 SNS에 올렸다. 그

게시물에는 곧 백 개가 넘는 하트가 붙었다.

오늘도 점심을 먹은 후, 아이들은 율라 주변에 옹기종기 모여 퀴니의 SNS를 구경했다.

"이거 예쁘지?"

"신상인가 보다. 와, 내 취향!"

그동안은 조회 시간이 끝나자마자 담임 선생님이 휴대폰을 거둬 갔기 때문에 교실에서 이런 이야기를 나눌 수 없었다. 하지만 부담임은 휴대폰을 거두지 않았다. 반 아이들도 굳이 휴대폰을 거두자는 의견을 내지 않았다.

처음에 모영은 율라네 아이들이 들고 있는 카드 지갑에 관심이 없었다. 수십만 원이 넘는 돈을 주고 왜 그걸 사는지 이해가 안 되었다. 그런데 의외로 그 카드 지갑을 갖고 싶어 하는 아이들이 많았다. 그리고 실제로 그걸 사는 아이들이 생겼다. 처음에는 율라와 율라의 절친 정도였는데 일주일이 지나자 두 명이 더 가지고 왔다. 자꾸 눈에 띄어서일까? 모영도 점점 그 카드 지갑에 눈길이 가면서 예뻐 보이기 시작했다.

알고 보니 올랑은 컬러 감각이 탁월하기로 유명한 디자이너 브랜드였다. 카드 지갑만 해도 초록색, 갈색, 보라색, 분홍색, 하늘색 등 다양한 색깔이 출시되었고 매년 달라지는 트렌드 색상도 바로바로 반영해서 브랜드 입지를 다졌다. 십대 사이에서 인기가 많은 아이돌들의 인증 샷이 연달아 올라오고 동영상 플랫폼에 리뷰 영상도 높은 조회 수를 기록했다.

아이들은 각자의 취향에 따라 카드 지갑 색깔을 골랐다. 올랑 제품이 없는 아이들도 서로 무슨 색이 예쁘고 누구한테는 어떤 색이 어울리겠다며 올랑의 카드 지갑을 화제로 삼았다. 모영은 그중에서 보라색이 마음에 들었다. 흔히 볼 수 있는 보라색이 아니라 은빛이 살짝 도는 보라색이라 신비한 느낌마저 들었다.

"희지야, 너는 어떤 색이 제일 예뻐?"

모영이 아이들이 들고 있는 카드 지갑을 가리키며 말했다.

"글쎄? 생각 안 해 봤는데?"

"그럼 지금 생각해 봐. 뭐가 맘에 드는지."

"아, 몰라. 관심 없어."

이렇게 말하고 희지는 휴대폰으로 뮤직비디오만 열심히 봤다. 귀찮게 하지 말라는 표정이었다.

"그냥 무슨 색이 좋은지만 골라 봐."

"그게 그거지 뭐."

모영은 희지의 성의 없는 대답에 살짝 기분이 나빠졌다. 물론 희지는 다른 애들처럼 예쁘고 아기자기한 것을 좋아하는 아이는 아니었다. 사람마다 취향이 다르니까 그런 점은 인정한다. 하지만 친구가 물어보는데 한번 생각해 볼 수도 있는 것 아닌가. 조금 섭섭한 마음이 들었다.

율라는 또 새로운 쇼핑 아이템을 찾는 모양이었다.

"나, 이거 살 거다."

율라가 말하자 아이들이 너도나도 관심을 보였다.

"와, 예쁘다. 율라 너한테 잘 어울릴 것 같아."

얼핏 듣기에는 아부하는 것처럼 들렸다.

"이것도 쿼니가 광고하는 거네."

"응. 이번에 브랜드 뮤즈 돼서 홍보 중인가 봐."

"율라는 정말 모르는 게 없다. 역시 인플루언서는 달라."

아이들이 치켜세워 주니 율라가 기분이 좋은 것 같았다.

"근데 내 피부가 쿨톤이잖아. 이 색깔 잘 어울릴까?"

모영은 그 물건이 뭔지 궁금해서 길게 목을 뺐지만 율라를 둘러싼 아이들 머리에 가려 보이지 않았다. 요즘은 율라 주변으로 아이들이 더 많이 모였다. 그래서 떠드는 소리가 예전보다 더 시끄러웠다. 5교시 시작종이 울렸는데도 수다는 멈출 기미가 안 보였다. 선주가 자리에서 일어나 말했다.

"얘들아, 수업 종 울렸어."

율라 주변에 있던 아이들이 흩어져 자리로 돌아갔다. 하지만 두세 명이 돌아가지 않고 율라 옆에 붙어 계속 떠들었다. 선주가 다시 한번 말했다.

"얘들아!"

그러자 율라가 대답했다.

"어머, 미안 미안."

그런데 말투가 누가 들어도 비꼬는 투였다. 율라가 한마디 더 했다.

"선주 화났다. 조용히 하자."

그 말에 몇몇 아이들이 키득거렸다. 선주는 아무 말도 하지 않고 자리에 앉아 칠판만 바라보았다. 표정이 굳어 있는 것을 보니 화가 난 것 같았다. 모영이 희지에게 귓속말했다.

"분위기 싸한데?"

그러자 희지가 고개를 끄덕였다. 그러면서 율라를 살짝 흘겨보았다. 희지는 율라의 행동이 마음에 들지 않는 것 같았다.

종례 시간에 부담임이 모의고사 성적표를 가지고 왔다. 여기저기서 아이들의 한숨 소리가 터져 나왔다. 성적표를 나눠 준 후 부담임이 말했다.

"성적이 올라간 사람은 이번 기회를 발판 삼아 더 열심히 하고 내려간 사람들은 뭐가 문제인지 점검하도록 합시다. 음…… 그리고 이번 모의고사 성적 상담 필요한 사람은 찾아오세요."

찾아오라면서 슬그머니 시선을 피하는 모양새가 왠지 찾아오기를 바라지 않는 느낌이었다. 희지가 모영에게 물었다.

"너, 상담할 거야?"

"시간 낭비일 것 같은데?"

모영이 대답하자 희지가 맞장구쳤다.

"맞아. 멀뚱멀뚱 앉아 있다가 올 것 같아. 쌤 말에 신뢰도 안 가고……."

"나도."

모영은 지난 학기 말에 담임 선생님과 상담했던 기억이 떠올랐다. 교무실 옆에 있는 상담실에서 했는데, 에어컨을 켜지 않아 상담실 안은 꽤 후덥지근했다. 담임 선생님이 모영의 성적 자료를 빠르게 훑으면서 말했다.

"모영아, 위너 돼야지."

'위너'는 전교 석차 상위 10퍼센트 학생만 들어갈 수 있는 특별반이었다. 전용 자습실이 주어졌고 진로 특강과 각종 교내 대회 우선권 등 학교에서 이루어지는 여러 활동에 먼저 참여할 수 있었다. 무엇보다 좋은 점은 '위너 클래스'라는 명예가 따라온다는 점이었다. 이 반에 들어가면 선생님들이 인정해 줬고 아이들은 부러워했다. 모영의 성적은 상위 12퍼센트여서 간발의 차이로 그 반에 들어가지 못했다.

"너무 아깝잖아. 위너 자습실 분위기 좋은 거 알고 있지? 너까지 들어가면 우리 반에 위너가 효은이, 선주, 예나까지 네 명이야. 그러면 우리 반이 위너가 제일 많은 반이 되는 거고."

욕심 많은 담임 선생님은 무슨 일이든 1등을 하고 싶은 것 같았다.

"하자, 모영아. 평균 3점만 올리면 들어갈 수 있어. 다음 학기에는 꼭 들어가는 거야!"

모영은 자신이 없었지만 고개를 끄덕였다. 하지만 두고두고 부담스러웠다. 이번에 본 모의고사 성적은 제자리걸음이었다. 담임 선생님이 있었으면 모영에게 한마디 했을 것이다.

"모영아, 이래 가지고는 못 들어가. 조금만 더 하라니까. 그럼 위너 된다니까!"

상상만으로도 목뒤가 뻐근했다. 엄마의 잔소리도 피

곤한데 담임 선생님에게까지 그런 소리를 듣고 싶지 않았다. 담임 선생님이 학교에 안 나와 그나마 다행이었다.

3.

담임 선생님이 학교에 나오지 않은 지 한 달쯤 되었다. 그동안 학급에는 특별한 그룹이 생겼다. 율라가 만든 모임이었는데 아무나 들어갈 수 없었다. 올랑의 카드 지갑을 가지고 있어야만 들어갈 수 있었다.

"내가 이름도 만들었어. 올랑즈! 어때?"

"올랑즈? 이름 귀엽다. 맘에 들어."

율라의 친구들이 환호했다. 어느새 학급에는 올랑

의 카드 지갑을 가진 아이들이 여섯 명이 되었다. 다들 어디서 돈을 마련해 카드 지갑을 사는 건지 모영은 쉽게 이해되지 않았다. 그렇게 비싼 명품 지갑을 부모님이 흔쾌히 사 준단 말인가? 모영이 엄마에게 사 달라고 하면 제정신이냐고 되물을 것이 뻔했다.

올랑즈 아이들은 색다른 소속감에 들떠서 하루 종일 소란스럽게 떠들었다. 덩달아 학급 분위기도 산만해졌다.

"얘들아, 우리 이따가 수업 끝나고 모여서 올랑즈 결성식 하자."

"결성식? 파티 같은 거?"

"응응, 파티!"

율라의 말에 아이들이 좋은 생각이라며 손뼉을 쳤다. 그때 예나가 율라에게 다가갔다.

"나도 그거 주문했는데 오늘 도착한대. 나도 끼워 줄래?"

율라가 살짝 놀란 표정으로 예나를 쳐다봤다. 위너 클래스인 예나는 평소에도 조용히 공부만 하는 아이라 다른 일에는 관심이 없을 줄 알았는데 의외였다.

"아, 너도 샀어? 그럼 끼워 줘야지."

율라가 대답하자 다른 아이들도 맞장구쳤다.

"와, 그럼 우리 일곱 명이네. 행운의 7이야."

"그래. 예나까지 일곱 명. 수업 끝나고 모이자."

그 후로도 아이들은 쉬는 시간마다 모여서 색색깔의 올랑 제품을 책상 위에 늘어놓고 수다를 떨었다.

"퀴니가 어제 올린 사진 봤어?"

"못 봤어. 뭔데?"

카드 지갑을 손에 쥔 아이들은 퀴니가 광고하는 다른 제품도 사자며 눈빛을 반짝거렸다.

그날 밤, 모영은 누워서 휴대폰을 보다가 율라의 SNS에 올라온 새 게시물을 발견했다. 율라가 만든 올랑즈가 학교 앞 카페에 가서 찍은 사진이었다. 테이블 위에는 화려한 색깔의 카드 지갑이 동그랗게 원을 그리며 놓여 있었다. 카드 지갑에 박혀 있는 금빛 'O' 로고 일곱 개가 조명을 받아 반짝이고 있었다.

#올랑 #우리반올랑즈라는 해시태그가 달린 그 게시물은 올린 지 여섯 시간밖에 안 되었는데 벌써 수백 개의 하트를 받았다.

잠이 확 달아났다. 학원이 늦게 끝난 데다가 집에 와서 수행 평가 준비까지 하느라 피곤하던 참이었다. 누우면 바로 잠들 줄 알았는데, 율라의 게시물을 보는 순간 정신이 반짝 들었다. 그리고 부러운 마음이 솟았다.

'나도 사 달라고 할까? 하지만 엄마가 쉽게 사 주지 않을 텐데.'

자려고 눈을 감았지만 일곱 개의 금빛 'O'가 조명을 받아 빛나는 모습이 눈앞에 어른거렸다. 그것만 가지면 세상을 다 가진 것처럼 행복할 것 같았다.

'애들 다 사는데 왜 나만 못 사?'

한참을 뒤척이다가 아이디어 하나가 떠올랐다.

'위너에 들어가려면 당근이 필요하다고 할까?'

좋은 생각 같았다. 모영은 엄마에게 어떤 식으로 이야기할까 생각하다가 스르르 잠이 들었다.

다음 날, 학교에 갔더니 두 명이 더 카드 지갑을 사 들고 왔다. 이제 올랑즈가 아홉 명으로 늘었다. 그중 소라라는 아이가 보라색을 샀다. 모영이 구경하고 싶다고 하자 소라가 흔쾌히 승낙했다.

모영은 조심스레 카드 지갑을 손바닥 위에 올렸다. 역시 비싸서 그런지 가죽의 촉감부터 달랐다.

"보라색 너무 예쁘다."

모영의 말에 소라가 반색하며 말했다.

"이거 그냥 보라색 아니야. '오로라 바이올렛'이라고, 일반 보라색이랑 약간 다르지? 이 색이 올해의 컬러라서 이번 시즌에 새롭게 추가됐대."

모영은 그런 세부적인 것까지는 모르고 있었다. 그냥

보라색에 은빛이 감돌아 신비한 느낌이 든다고만 생각했는데, 소라의 설명을 듣고 보니 그것도 모른 자신이 부끄러웠다. 그리고 비싼 금액을 치를 만큼 가치 있는 물건이라는 확신이 들었다. 한참을 만지작거리며 구경하다가 돌려주는데 소라가 귀엣말을 했다.

"나, 이거 사느라고 엄마 몰래 알바까지 했어."

소라의 말에 모영은 깜짝 놀랐다.

"정말?"

"응. 우리 언니 알바하는 데서 대타 뛰게 해 달라고 사정사정했지. 우리 언니 햄버거 가게에서 알바하거든."

"와, 대단하다. 엄마 몰래 알바까지 하고."

모영이 말하자 소라가 카드 지갑을 손으로 쓰다듬으며 말했다.

"올랑즈가 되려면 그 정도는 해야지."

모영은 내심 놀랐다. 올랑즈가 되기 위해 알바까지 하다니. 소라의 이야기를 듣자 더욱 간절하게 카드 지갑이 갖고 싶어졌다. 자리로 돌아와 희지에게 말했다.

"나, 저거 살래."

희지가 굳은 얼굴로 대답했다.

"너까지 왜 그래? 저게 뭐라고."

"넌 안 갖고 싶어?"

희지가 어림도 없다는 표정을 지으며 말했다.

"전혀. 겨우 저따위 물건 가지고 호들갑을 떠는 게 이해가 안 가."

희지의 말이 조금 어이없게 들렸다.

"저따위 물건이라니? 올랑은……."

희지가 모영의 말을 단칼에 자르며 말했다.

"그래 봤자 물건이잖아. 저기에 생명이라도 있어?"

모영은 어이가 없었다. 아니, 여기서 '생명'이 왜 나와? 무슨 말이라도 쏘아붙이고 싶었지만 떠오르지 않았다. 솔직히 희지를 말로 이길 자신이 없었다. 아무 말도 못 하고 가만히 있는데 율라의 한껏 부푼 목소리가 들렸다.

"와우, 올랑즈 클럽 멤버가 또 늘었어. 얘들아, 축하 파티하자!"

율라가 퀴니의 말투를 어설프게 따라 하는 바람에 아이들이 웃음을 터뜨렸다. 모영과 희지는 더 이상 아무 말도 하지 않았다. 두 사람 사이에 어색한 기운이 흘렀다. 함께 지내는 동안 한 번도 겪어 보지 못한 분위기였다.

모영은 그날 집에 가서 엄마를 설득하기 시작했다.

"엄마, 나 당근이 필요해."

"당근?"

"공부 의욕이 생기려면 보상이 필요하다고."

"그게 무슨 소리야? 자기 자신을 위해서 공부하는 건데 보상이 왜 필요해?"

"어떻게 공부만 하고 살아! 나도 숨 쉴 구멍이 있어야지."

엄마 얼굴에 못마땅한 기색이 비쳤다.

“그래서, 뭐가 필요한데?”

모영은 올랑 카드 지갑에 대해 이야기했다. 반 아이들이 벌써 아홉 명이나 가지고 있다는 사실을 강조하면서 자신도 그걸 가지면 기분이 좋아서 공부가 잘될 것 같다고 했다. ‘오로라 바이올렛’ 색을 갖고 싶다는 걸 강조하는 것도 잊지 않았다. 엄마는 반신반의하는 것 같았다. 하지만 가격을 듣자 그대로 얼굴이 굳어 버렸다.

“그렇게 비싼 물건을 고등학생이 왜 가지고 다녀? 꼭 필요한 것도 아니고.”

모영은 엄마 말에 울컥했다.

“엄마는 왜 그렇게 꽉 막혔어? 다른 애들은 엄마들이 다 사 줘. 그만한 가치가 있는 물건이니까 그만한 금액을 지불하고 사는 거잖아. 그냥 딸 기분 생각해서 사 주면 안 돼? 왜 항상 공부만 하라고 해?”

모영은 그간 쌓였던 스트레스까지 몽땅 얹어 쏟아 버렸다. 엄마가 순순히 사 줄 거라고 기대하진 않았지만 벼르고 별러 이야기를 꺼냈는데 엄마가 몰라주니 속이 상했다. 게다가 왜 그런지는 모르겠지만 말을 하다 보니 갑자기 서운한 감정이 폭발하면서 말도 격해졌다.

"나, 그거 안 사 주면 공부 안 해."

엄마가 어이없다는 표정을 지었다.

"네가 무슨 초등학생이야? 갑자기 왜 이래?"

역시 엄마랑은 말이 안 통했다. 모영은 더 이상 대꾸하지 않고 방으로 들어가서 문을 잠가 버렸다. 엄마가 방문을 두드리며 얘기 좀 하자고 했지만 대답하지 않았다.

그 후로 모영은 며칠 동안 대답도 잘 안 하고 밥도 먹는 둥 마는 둥 했다. 일부러 그런 게 아니라 정말 입맛이 싹 사라졌다. 그런데 며칠 후 기대하지 않았던 일이 생겼다. 책상 위에 올랑 카드 지갑이 놓여 있었던 것이다.

"꺄악!"

모영이 갖고 싶었던 '오로라 바이올렛' 색이었다. 카드 지갑을 들고 좋아하는 모영을 보며 엄마가 눈을 흘겼다.

"곧 중간고사인데 네가 속상해서 공부 못 할까 봐 큰맘 먹고 사 온 거야. 사 줬으니까 이제 공부에만 집중해. 알았지?"

"엄마, 정말 고마워. 위너 목표로 열심히 할게."

위너 클래스에 들어가는 것이 대학 합격 티켓이라고 생각하는 엄마에게 고맙다는 표현을 하고 싶어서 모영은 일부러 위너 이야기를 꺼냈다.

"그렇게 좋아?"

"그럼, 좋지. 이제 나도 올랑즈야."

"올랑즈? 그게 무슨 말이야?"

"엄만 모르는 거야. 그런 게 있어."

모영은 카드 지갑에 박혀 있는 금빛 'O' 로고의 둥근 형태를 손끝으로 살살 문질렀다. 부드럽고 견고한 이음새가 공들여 만든 고급 제품임을 말해 주었다. 내일 올랑즈에 끼워 달라고 율라에게 말할 생각을 하니 가슴이 뿌듯했다.

4.

중간고사가 끝났다. 여전히 담임 선생님은 병가 중이고 부담임이 담임 선생님을 대신해 학급을 맡았다. 모영은 엄마한테 성적을 올리겠다고 약속했지만 결과는 좋지 않았다. 위너 클래스에 들어가겠다고 큰소리친 일이 무색하게 전교 성적 20퍼센트 밖으로 밀려나고 말았다.

시험 보느라 고생한 것에 대한 보상 심리인지 올랑

즈 멤버들은 더 자주 퀴니와 다른 셀럽들의 SNS를 섭렵하며 요즘 뜨는 브랜드의 제품들을 구경했다. 종종 아이들의 수다는 쉬는 시간을 넘겨 수업 종이 울려도 계속되었다. 그런 일이 반복되자 선주는 더 이상 조용히 하라는 말을 하지 않았다. 선주뿐만 아니라 다른 아이들도 올랑즈를 건드리지 않으려고 했다. 건드려 봤자 더 시끄러워질 게 뻔하기 때문이었다.

올랑즈는 시험이 끝난 후 인원이 더 늘었다. 모영까지 포함해 열두 명이나 되었다. 대개는 모영처럼 부모님께 조르고 졸라 카드 지갑을 받아 냈다. '나만 없다.' 고 이야기하는 것이 가장 잘 먹힌다고들 했다. 설득에 실패한 아이들은 소라처럼 알바를 하거나 중고 거래를 하는 등 갖가지 방법으로 돈을 마련했다.

올랑즈에 들고 싶어서 안달했지만 정작 클럽에 들어가서 하는 일은 별거 없었다. 시시때때로 모여서 어떤 물건이 마음에 드는지, 누가 뭘 착용했는지 수다를 떠는 일이 대부분이었다. 아이들은 누가 먼저 신상을 알아보느냐, 누가 먼저 연예인 착용 샷을 찾느냐를 두고 은근히 열을 올렸다. 올랑즈 아이들은 이제 다른 브랜드의 다른 제품으로 관심을 옮겨 틈이 날 때마다 '신상 품평'을 했다.

"야, 미쳤다. 이 미니 백 그냥 내 거임."

"퀴니가 하고 나온 것 중에서 네 취향 아닌 게 있긴 해?"

"없어. 몽땅 내 취향이야."

아이들은 떠들다가 간간이 폭소를 터뜨렸다. 웃음에는 전염성이 있어서 상대방이 웃기 시작하면 따라 웃게 된다. 그러다 보면 모여 있는 아이들 모두가 깔깔거리게 되었다. 모영도 그 틈에 끼어 함께 수다도 떨고 큰 소리로 웃기도 했다. 그러고 나면 붕붕 떠다니는 기분이 되었다.

율라는 더 이상 올랑즈 인증 샷을 올리지 않았다. 인

원이 많아져서 그렇기도 하고 여러 번 하다 보니 흥미를 잃은 것 같기도 했다. 처음에 올랑즈를 만들 때 신나 보였던 모습과는 다르게 요즘은 시들해 보였다. 율라는 이제 새로운 물건에 꽂혔다.

"얘들아, 나 이거 사려고."

율라가 손가락으로 가리킨 것은 하얀 바탕에 은빛 삼각형 로고가 박혀 있는 스니커즈였다. 한눈에 봐도 비싼 물건이라는 느낌이 들었다. 그 물건을 바라보는 율라의 비장한 눈빛을 보니 반드시 사고 말 것 같았다.

그날 종례 시간에 부담임은 뜻밖의 소식을 가져왔다.

"여러분, 다음 주에 수련회 가는 거 알고 있죠? 다들 중간고사 보느라 고생했는데 수련회 가서 즐거운 시간 갖도록 합시다. 아, 그리고 우리 반은 방이 두 개가 배정돼서……."

부담임의 말에 아이들이 고개를 갸웃거렸다. 성질

급한 누군가가 질문했다.

"두 개요?"

아이들이 술렁거렸다. 학급 인원이 스물여덟 명인데 방 두 개는 너무 적은 것 같았다.

"아, 우리 반이 큰 방 두 개를 배정받았어요. 열 명 넘게 수용이 가능하니까 걱정 안 해도 돼요."

부담임의 설명을 듣는데 모영은 왠지 꺼림칙했다. 열 명 넘게 수용이 가능하다고 해도 짐과 옷가지 양만 해도 엄청날 텐데, 그곳에서 열네 명이 함께 잘 수 있을까 싶었다. 다음 날, 다른 반에는 방이 네 개씩 배정됐다는 이야기를 듣게 되었다. 그 소식을 들은 아이들이 불만을 터뜨렸다.

"왜 우리만 이렇게 된 거야?"

"부담임이 힘이 없으니까 남는 방 받은 거 아닐까?"

아이들의 불만이 부담임에 대한 원망으로 모아졌다. 뒷자리에 앉은 희지가 모영에게 말했다.

"열네 명이 같이 들어가면 무슨 수용소 같겠다."

"그러게 말이야. 아, 짜증 나."

"화장실은 어떻게 쓰지?"

열네 명이 한 방에 비좁게 누워 잔다고 생각하니 모영은 절로 한숨이 나왔다.

그날 오후 자습 시간에 선주가 앞으로 나가 말했다.

"방 배정 명단 제출해야 하니까 방 나누자."

선주는 명단을 제출하라는 부담임의 주문을 빨리 해치우고 싶은 모양이었다. 선주가 종이 박스 하나를 가져와서 교탁 위에 올려놓았다.

"제비뽑기가 제일 간단할 것 같아. 이 상자에 A라고 쓴 쪽지 열네 개, B라고 쓴 쪽지 열네 개가 들어 있어."

그러고는 종이 한 장을 교탁 위에 놓으며 말했다.

"1번부터 쪽지를 뽑은 다음에 해당하는 쪽에 이름 쓰고 들어가."

그래도 수련회 때 같이 쓸 방인데 제비뽑기로 방을

정하는 게 내키지 않았다. 모영만 그렇게 생각한 것이 아니었는지 몇몇 아이들도 불만을 표시했다. 제일 먼저 목소리를 낸 아이는 율라였다.

"제비뽑기? 그냥 같은 방 하고 싶은 사람들끼리 하자."

그 말을 들은 선주가 눈썹을 살짝 찌푸렸다.

"그 생각은 나도 해 봤는데 한쪽으로 몰릴 수도 있고……."

선주의 말을 끊고 율라가 말했다.

"조정하면 되지. 이런 거라도 하고 싶은 대로 하자. 담임 선생님도 없는데."

그러자 다른 아이들도 율라를 거들기 시작했다.

"맞아, 이런 거라도 맘대로 하자. 무슨 제비뽑기야?"

순순히 선주의 의견을 따르려던 아이들도 갑작스러운 율라의 제안에 흔들리기 시작했다. 아이들이 흥분해서 떠들기 시작했다. 특히 올랑즈 멤버들이 목소리를 높였다. 선주가 난감한 표정을 지었다.

"올랑즈! 우리 한쪽으로 다 모이자."

"야야, 우리 열두 명이니까 벌써 방 하나 채웠네."

아이들은 자기들끼리 벌써 방이 정해진 것처럼 떠들기 시작했다. 그때였다. 선주가 손에 쥐고 있던 통을 들어 교탁을 내리쳤다. '탕' 하는 소리가 크게 울렸다. 교실 안이 삽시간에 조용해졌다. 모영도, 희지도 놀라서 선주를 바라보았다. 어지럽게 떠들던 아이들도 모두 입을 다물고 선주를 쳐다봤다.

선주는 잠시 아무 말도 안 하고 가만히 서 있었다. 교실 안에 어색한 분위기가 흘렀다. 무슨 일이라도 벌어질 것처럼 조마조마한 가운데 선주가 입을 열었다.

"얘들아, 너네 마음대로 하면 어떡해?"

딱딱하게 굳은 표정과는 달리 선주의 목소리는 지친 듯 힘이 없었다. 모영은 그제야 알 수 있었다. 선주는 상황이 이렇게 흘러갈 줄 알고 제비뽑기를 하자고

한 것이었다. 교실 안은 쥐 죽은 듯이 조용했다. 침묵을 깨고 율라가 입을 열었다.

"선주야, 우리 너무 틀에 박힌 대로 하지 말자. 좀 자유롭게 하면 안 돼?"

율라가 말하자 올랑즈 멤버들이 다시 거들었다.

"그래, 그리고 이런 기회가 쉽게 오는 것도 아니잖아."

"담임도 없는데, 자유롭게 정하자."

모영은 겨우 이런 일에 자유를 들먹이는 게 우습다고 생각했지만 제비뽑기로 방을 나누는 것도 마음에 들지 않았다. 잠시 후 선주가 말을 이었다.

"그러면 방을 어떻게 나눌지 다수결로 정하자. 각자 선택하자는 의견 먼저 손 들어 보자."

율라와 올랑즈 멤버들이 손을 들었다. 얼추 열 명 가까이 되는 것 같았다

"제비뽑기로 정하자는 의견은?"

이번에는 아무도 들지 않았다. 선주가 덤덤한 표정

으로 말했다.

"그럼 자기가 가고 싶은 방을 선택하는 걸로 하자."

손을 들지 않은 아이들이 올랑즈의 의견에 찬성하는 것은 아니었다. 그저 제비뽑기로 방을 정하는 게 내키지 않았을 뿐이었다. 그러나 올랑즈 멤버들은 큰 승리나 한 것처럼 들뜬 표정으로 손뼉을 쳤다. 나머지 아이들은 멍한 얼굴로 그 모습을 지켜봤다.

5.

선주가 교실 뒤 게시판에 붙여 놓은 종이에는 이미 모영의 이름이 적혀 있었다. 올랑즈 중 누군가가 한꺼번에 적은 모양이었다. 그 방 명단에는 이미 열세 명의 이름이 적혀 있었다. 올랑즈와 곧 올랑즈가 될 아이의 이름을 적은 것이다. 반대쪽에는 서너 명의 이름만 적혀 있었다.

모영이 희지와 같은 방을 쓰려면 남은 한 자리에 희

지 이름을 써야 했다.

"희지야, 딱 한 자리 남았다. 나 네 이름 쓴다."

모영이 희지에게 말했다. 금방이라도 다른 아이가 이름을 쓸까 봐 조바심이 났기 때문이다. 희지는 잠깐 생각하더니 다른 쪽에 이름을 적고 자리로 돌아왔다. 모영은 당황스러웠다. 희지는 올랑즈가 아니니까 불편하기는 하겠지만 그래도 단짝인 자신과 같은 방을 써야 하는 거 아닌가?

"왜 다른 쪽에 썼어?"

모영이 물었지만 희지는 아무 말도 하지 않았다. 희지의 기색이 심상치 않았다. 사실 며칠 전 모영이 올랑즈에 들었다고 좋아할 때도 저런 표정이었다.

"같은 방 안 써?"

"됐어."

희지는 냉랭하게 대답하고 입을 닫아 버렸다. 결국 모영과 희지는 다른 방이 되었다.

'그냥 방 바꿔 달라고 할 걸 그랬나? 희지네 방으로 바꾼다고? 아니야. 난 이쪽이 맞아. 올랑즈는 다 이쪽인데 뭐.'

모영은 희지를 이해할 수 없었다. 희지는 초지일관 올랑즈에 대해 냉소적이었다. 카드 지갑을 사지 않겠다는 입장에도 변함이 없었다. 처음에는 너무 비싸서 그러나 보다 했다. 하지만 그것만은 아닌 듯했다. 희지네 가정 환경은 모영이네와 크게 다를 바가 없고 용돈이나 씀씀이도 비슷했다.

"난 살 생각 없어."

희지는 매번 이렇게 말했다. 그러면서 덧붙이곤 했다.

"도대체 그 물건이 왜 특별한 건데? 지갑에 동그라미 하나씩 달고 있는 게 큰 의미가 있는 거야? 왜 우리가 그 동그라미의 노예가 되어야 하는 건데?"

모영이야말로 희지를 이해할 수 없었다. 아이들 사이

에서 유행하면 그걸 갖고 싶은 마음이 생기는 것은 자연스러운 일이다. 그런데 희지는 전혀 공감하지 못하는 것 같았다. 본인이 사고 싶지 않은 것은 자유다. 하지만 올랑의 상징을 그저 동그라미일 뿐이라고 깎아내리고 노예를 운운하는 건 정도가 심했다. 모영은 희지와 대화하는 일이 점점 줄어들었다. 이전에는 없었던 커다란 벽 하나가 둘 사이에 생긴 것 같았다.

며칠 후, 율라가 새 운동화를 가지고 학교에 왔다. 율라가 내내 갖고 싶다고 노래를 불렀던 스모스 스니커즈였다. 왜 같은 운동화인데도 저렇게 때깔이 다른 건지 보면 볼수록 감탄이 나왔다.

"어때? 예쁘지?"

율라가 가격표도 안 뗀 운동화를 보여 주며 자랑했다. 모영은 솔직히 그 모습이 웃겨서 피식 웃음이 났다. 운동화를 신고 오지 않고 따로 싸 가지고 오다니. 하지만 다른 아이들이 탄성을 지르는 모습을 보며 웃음을 삼켰다. 율라가 스니커즈를 손바닥에 올려놓고 소중한 보물인 양 쳐다보자 아이들은 부러움이 가득 담긴 눈빛으로 운동화를 바라보았다. 하얀 바탕에 은빛 삼각형 로고 스티치는 실제로 보니 더 섬세하고 정교했다.

스모스 스니커즈의 가격을 들었을 때 모영은 '헉' 하고 놀랐다. 그건 정말 감히 사겠다는 계획을 세울 수 없는 가격이었다. 율라는 아무나 살 수 없는 제품으로 자신의 존재를 과시한 셈이다.

"오늘은 보여 주려고 가져왔어. 수련회 갈 때 처음으로 신을 거야."

"만져 봐도 돼?"

한 아이가 물었다.

"응. 살살 만져."

율라가 스니커즈를 내밀자 그 애는 마치 깨지기 쉬운 물건이라도 되는 듯 조심스럽게 만졌다. 둘러싸고 있는 아이들이 하나둘 손을 내밀자 율라는 스니커즈를 재빨리 낚아채며 말했다.

"그만!"

아이들이 벙찐 표정으로 쳐다보자 율라가 눈을 찡긋하며 말했다.

"스모스 매장 가면 직원들이 다 장갑 끼고 제품 만져. 손톱에 긁혀서 제품이 상할까 봐 그러는 거래. 이거 우리 반 애들이 다 한 번씩 만진다고 생각해 봐. 가죽에 상처 날 수도 있잖아."

고개를 설레설레 흔드는 율라 앞에서 아이들은 순순히 손을 거두었다.

"눈으로만 봐."

율라가 아이들 눈앞에 스니커즈를 들이댔다. 순간 모영은 기분이 상했다. 다른 아이들의 얼굴에도 살짝 당황한 기색이 어렸다.

그때 언제 왔는지 희지가 다가와 의미심장한 말을 건넸다.

"이번엔 세모니?"

"응? 무슨 말이야?"

율라가 물었지만 희지는 대답 없이 가만히 서 있다가 자기 자리로 갔다. 그러자 아이들이 한마디씩 했다.

"뭐래?"

"갑자기 세모가 뭐야?"

모영이 역시 처음에는 그 말을 알아듣지 못했다. 하지만 머릿속에서 무언가 불쑥 떠오르며 자연스레 시선이 어딘가로 향했다. 바로 스니커즈에 있는 삼각형 모양의 스모스 로고였다. 자세히 보면 삼각형 안에는 그보다 작은 삼각형이 있었고 그 안에는 더 작은 삼각형이 있었다. 마치 마트료시카 인형처럼 삼각형이 반복되었다. 희지는 아마 저것을 보고 한 말일 것이다. 올랑의 'ㅇ'를 동그라미라고 부르며 비꼬았던 것처럼 이번에는 스모스의 '△' 로고를 세모라고 말한 것이었다. 그 의미는 모영만이 알아들었다.

6.

예고한 대로 율라는 수련회 가는 날 스모스 스니커즈를 신고 왔다. 율라가 지나갈 때마다 아이들이 부러운 눈빛으로 율라의 발을 쳐다봤다. 모영은 속으로 중얼거렸다.

'어차피 저렇게 신고 다닐 거면서 만지지도 못하게 한 거야?'

모영은 다른 아이들과 달리 수련회가 흥이 나지 않

았다. 희지와 다른 방에 들어가게 되면서 희지와의 관계가 더 어색해졌다. 어쩌다 마주쳤을 때 모영이 말을 걸면 희지는 짧게 대답하고 돌아섰다. 그러다 보니 모영도 희지에게 다가가지 않게 되었다.

수련회 첫날 일정을 마무리하고 방으로 들어갔다. 올랑즈가 사용하는 101호는 시끄럽고 분위기가 들썩들썩한 데 비해 나머지 아이들이 모인 102호는 조용했다. 일단 방으로 들어오니 더 이상 희지한테 신경을 쓰지 않아도 돼서 마음이 편했다. 올랑즈가 한 방에 모이자 아이들은 더욱 신나서 떠들었다.

"얘들아, 우리 MT 온 것 같지 않냐?"

"맞아. 옆방 들어갔으면 정말 심심했을 것 같아."

그러면서 아이들은 카드 지갑을 놓고 사진을 찍기 시작했다. 그리고 각자의 SNS 계정에 #올랑즈MT #올랑즈 #올랑카드지갑 등 다양한 해시태그를 붙인 게시물을 올렸다. 지갑을 색깔별로 여러 개씩 놓아 도

미노를 만들기도 하고 꽃 모양을 만들기도 하면서 킥킥거렸다. 누군가 재미난 아이디어를 냈다.

"전부 모아 놓고 찍어 보자."

"좋아, 좋아."

아이들은 카드 지갑을 피라미드처럼 쌓아 올리기 시작했다.

"피라미드 아니냐고, 크크."

'○' 로고가 한꺼번에 조명을 받으며 빛나서 정말 멋졌다.

"이건 찍어야 해!"

아이들은 여러 각도로 사진을 찍고 만족해하며 좋아했다. 하지만 피라미드는 얼마 못 가고 자꾸 무너졌다. 여러 번 다시 올리는 중에 율라가 무언가를 발견한 듯 외쳤다.

"어?"

율라가 집어 든 것은 모영의 카드 지갑이었다.

"이상한데?"

율라는 모영의 카드 지갑 뒷면을 뚫어져라 쳐다보며 말했다.

"뭐가 이상해?"

모영을 쳐다보는 율라의 눈빛이 심상치 않았다. 날카롭게 쏘아보는 것이 섬뜩한 느낌까지 들었다.

"이거 네 거야?"

모영이 고개를 끄덕이자 율라가 눈을 한 번 치켜뜨더니 카드 지갑을 다른 아이들에게 내밀었다.

"얘들아, 이거 좀 이상하지 않아?"

이렇게 말하면서 지갑 뒷면에 쓰여 있는 작은 글씨를 가리켰다. 거기에는 올랑 로고가 영문으로 적혀 있었다. 아이들이 모여들어 모영의 지갑 뒷면을 살폈다. 율라는 팔짱을 끼고 뒤로 물러앉았다.

"야, 이거 짭이야."

로고 글씨를 살피던 아이가 말했다. 그러자 다른 누

군가가 말했다.

"헐, 모영아, 너 가품 산 거야?"

모영은 그 말을 듣고 헛웃음이 나왔다. 말도 안 되는 소리였다. 애들이 뭔가 잘못 아는 게 분명했다.

"무슨 소리야? 엄마가 사 온 건데."

"에구, 어머니가 가품 사 오셨나 보네."

한 아이가 모영의 말을 받아치면서 킥킥거렸다. 옆에 있던 아이들도 따라 웃었다. 율라가 모영의 카드 지갑 로고를 가리키며 말했다.

"정품은 로고가 음각으로 새겨져 있어. 이건 그냥 인쇄잖아. 올랑은 워낙 가품 많아서 인터넷에 가품 구별법 나와 있는데, 몰랐어?"

모영의 지갑에는 올랑 영문 로고가 회갈색으로 인쇄되어 있었다. 다른 아이들 지갑은 로고가 음각으로 새겨져 있었다. 워낙 작아서 눈여겨봐야만 보이는 것이었다. 그러고 보니 가죽 재질도 미세하게 달랐다. 모영은 가슴이 콱 막히면서 머리가 어질했다.

'내 게 짝퉁이라고?'

아이들이 모영을 둘러싸고 한마디씩 했다. 그러게 잘 알아보고 사지 그랬냐고 모두 가품을 산 모영을 나무랐다. 아무도 모영의 편을 들어 주지 않았다. 그 와중에 율라의 표정을 보고 모영은 정신이 더욱 아득해졌다. 율라의 얼굴에는 비웃음이 가득 차 있었다.

수련회에서의 나머지 시간이 어떻게 흘렀는지 모르겠다. 모영의 카드 지갑이 가품이라는 사실이 밝혀진 후 올랑즈 멤버들은 모두 모영을 투명 인간 취급했다.

집에 돌아온 날 저녁, 모영은 엄마에게 가품을 사 온 거냐고 물었다. 엄마는 처음에는 아니라며 얼버무리려 들다가 모영이 울음을 터뜨리자 상황이 심각하다는 것을 눈치챘다.

"그게 가품이긴 해도 엄청 섬세하게 만든 거야. 거의 진짜나 다름없어. 나름 꽤 비싼 건데, 왜? 누가 가짜냐고 물어봐?"

"애들한테 창피당했어. 가품이면서 진품인 척했다고."

엄마가 어이없다는 표정을 지었다. 모영은 학교에서 창피당한 게 떠올라 엄마한테 악을 썼다.

"우리가 그렇게 가난해? 가품 사서 창피당할 정도로 가난하냐고!"

"아니, 도대체 그게 무슨 말이야? 얘가 하라는 공부는 안 하고 점점 왜 이래?"

"이런 상태에서 공부가 되겠어? 엄마는 내가 가품 들고 무시당하면 좋겠어?"

"비싼 물건을 살 때는 그만큼 가치가 있는 것을 사야지. 조그만 지갑 하나 사는데 수십만 원이나 쓴다는 게 말이 되니? 돈이 아까워서 그러는 게 아니야. 그게 합리적인 생각이냐고?"

엄마도 화가 많이 난 것 같았다. 모영은 보란 듯이 지갑을 쓰레기통에 내팽개쳤다. 그 후로 모영은 엄마랑 한마디도 하지 않았다.

수련회에서 돌아온 다음 날, 모영은 다른 아이들 눈치를 보느라 아침부터 가시방석에 앉은 기분이었다. 하지만 교실 안은 새로운 화제로 시끄러웠다. 올랑즈 중에서 율라와 가장 친했던 두 아이가 율라와 같은 브랜드의 스니커즈를 신고 온 것이다. 아이들은 세 사람을 스모스 삼총사라며 치켜세웠다. 그날 종례가 끝난 후 율라가 올랑즈를 불러 모았다.

"얘들아, 나 할 말 있어."

율라가 평소와는 달리 목소리를 낮게 깔면서 무게를 잡았다. 올랑즈 멤버들도 평소와 다른 분위기를 눈치채고 조용히 했다.

"그…… 우리 올랑즈, 이제 그만할까 하고."

율라의 폭탄선언에 아이들이 놀라서 물었다.

"왜? 왜 그만하는 거야?"

모영도 놀라서 율라를 쳐다보았다. 다른 아이들이 놀라는 모습을 보니 아무래도 율라가 혼자 결정한 것 같았다.

"아니 그냥, 별 이유는 아니고."

율라는 심드렁한 표정을 지으며 말끝을 흐렸다. 이미 마음을 정한 것 같았다.

"갑자기 왜 그래?"

아이들이 물었지만 율라는 더 이상 설명하지 않고 교실을 나갔다. 남은 아이들끼리 이러쿵저러쿵 시끄러웠다. 그때 누군가 모영을 쳐다봤다. 모영을 바라보는 눈빛이 냉랭했다.

"아……. 그러니까 왜 짝퉁을 사 와서."

올랑즈가 만들어진 후 거의 마지막에 들어온 그 아이는 무척 화가 난 것 같았다. 모영이 놀라서 물었다.

"그게 무슨 소리야?"

주변으로 반 아이들이 모여들었다.

"네가 가품 들고 와서 율라가 화난 거잖아."

"뭐라고?"

"야, 아무리 갖고 싶어도 그러진 말자. 남 속이면서 있는 척 행세하면 뭐 해?"

그 아이는 목소리를 조금 더 높여서 덧붙였다.

"너, 올랑즈에는 끼고 싶고 돈은 없으니까 뻔뻔하게 짝퉁 사서 들고 다닌 거잖아."

모영은 명치가 콱 막히는 것 같았다. 겨우 정신을 추스르고 교실 문을 나서는데 문 옆에 서 있던 희지와 눈이 마주쳤다. 모영은 희지의 눈길을 외면했다.

7.

율라가 올랑즈 해체를 선언한 날, 율라의 SNS에는 새로운 사진이 올라왔다. #스모스스니커즈 #스모스 #ootd 등의 해시태그와 함께 세 아이가 스모스를 신고 찍은 사진이었다. 물론 스니커즈의 세모 모양 로고가 잘 보이도록 클로즈업해서 찍었다.

율라가 올린 게시물을 모영만 본 것이 아니었다. 다음 날, 올랑즈 멤버들이 율라를 둘러싸고 물었다.

"율라야, 어제 SNS에 올린 거 뭐야? 새 클럽 만들려고?"

"아니, 그건 아니고 스모스 갖고 있는 애들끼리 좀 만난 거야."

"그게 그거지."

"아니야. 이번엔 그런 거 안 만들 거야. 비싼 거라 아무나 못 사기도 하고. 그냥 애들끼리 시간 맞춰서 같이 놀았어."

말로는 아니라고 하지만 소수만 모여서 스모스 클럽을 만들겠다는 이야기였다. 올랑즈, 아니 이제는 해체된 올랑즈 멤버들이 실망한 표정으로 자리로 돌아갔다. 그러는 사이 누군가 또 불만을 터뜨렸고 화살은 모영에게로 향했다.

"가품 사 온 애만 없었어도 이렇게 되지는 않았을 텐데……."

그러자 애들이 맞장구를 쳤다.

"맞아, 창피하지도 않나."

아이들이 하는 말에 모영은 부끄러워서 고개를 숙였다. 자신 때문에 올랑즈가 해체되었다는 것이 틀린 말만은 아니었다.

"아, 우리도 스모스 사야 하나?"

올랑즈였던 아이 하나가 율라가 올린 SNS 사진을 보며 말했다.

"너, 살 수 있어? 저거 하나에 100만 원이 넘어."

"맞아. 카드 지갑하고는 비교가 안 된다."

아이들이 맥 빠진 목소리로 말했다. 그때 누군가 웃음을 참지 못하겠다는 투로 말했다.

"얘들아, 너희 너무 웃겨!"

모영은 놀라서 소리가 난 쪽을 쳐다봤다. 희지였다. 희지가 눈을 똑바로 뜨고 올랑즈 아이들을 쳐다봤다.

"도대체 그게 왜 중요해? 가품인지 아닌지가 그렇게 중요해? 얘는 동그라미, 쟤는 세모, 그런 거 하나씩 들고 있으면 너네가 뭐 특별한 존재라도 되는 줄 아니?"

희지가 율라의 SNS가 떠 있는 핸드폰 화면을 가리키며 말했다. 아이들이 그제야 알아들은 것 같았다. 피식 웃는 아이도 있었고 가소롭다는 표정을 짓는 아이도 있었다.

"아무리 생각해도 우스워. 왜 그 표시를 가지고 사람을 나누어야 하는데? 뭘 위해서?"

모영은 희지의 말을 들으며 곰곰이 생각했다. 자신은 왜 올랑즈에 들고 싶었을까? 왜 그토록 그 물건이 갖고 싶었을까? 그저 사람들이 사고파는 물건일 뿐인데, 희지와 멀어지고 엄마와 싸울 만큼 중요한 물건이었나?

가만히 듣고 있던 율라가 입을 열었다.

"그러게, 근데 너는 아무것도 없잖아. 남들이 동그라미고 세모면, 너는 아무것도 없는 ×잖아."

율라의 말에는 가시가 돋쳐 있었다. 율라를 따르는

아이들이 맞장구를 치며 벌 떼처럼 떠들었다.

"그니까. 아무것도 없는 × 주제에 정신 승리하고 있네."

"자기는 못 사니까 있는 애들 까 대기나 하는 거지."

그 말을 들은 희지의 얼굴이 벌겋게 달아올랐다. 여러 명이 공격하니 대범한 희지도 흔들리는 듯했다. 모영은 당장 나서서 희지를 도와주고 싶었지만 무슨 말을 해야 할지 몰라 가슴만 졸이고 있었다. 그때 목소리 하나가 불쑥 끼어들었다.

"무슨 소리야? × 주제에 정신 승리 한다니?"

언제 왔는지 부담임이 앞쪽 출입문 옆에 서 있었다. 아이들이 순식간에 조용해졌다. 평소와 달리 부담임은 얼굴을 잔뜩 찡그린 채 못마땅하다는 표정을 짓고 있었다. 부담임은 실망한 듯한 말투로 말했다.

"애들아, 우리 반 원래 안 그랬는데 요즘 왜 이렇게 분위기가 안 좋니?"

가라앉은 분위기로 부담임은 조회를 시작했다. 모영은 희지를 곁눈질해서 보았다. 희지는 차분한 표정으로 앉아 있었지만 속이 많이 상했을 것 같았다. 모영은 아무 힘도 되어 주지 못한 자신이 부끄럽고 미안했다.

다음 날 등교했을 때 교실 안은 매우 어수선했다. 반 아이들이 교실 칠판을 보며 웅성거리고 있었다. 칠판에는 순서대로 ○, △, ×라고 쓰여 있었다. 어제 희지와 율라가 팽팽하게 맞섰던 일이 떠올랐다. 아무래도 ○는 올랑, △는 스모스, ×는 희지와 같이 아무것도 갖지 않은 아이들을 뜻하는 것 같았다. 누가 쓴 걸까? 희지? 율라? 아니면 선주?

옆에 있는 아이들에게 물어봤지만 다들 모른다고 했다. 모두가 칠판을 쳐다보며 눈치만 보고 있는데 드르륵, 교실 문이 열렸다. 그 문으로 들어선 사람은 부담임이 아닌 담임 선생님 '미선 씨'였다. 아이들은 놀라서 소리를 질렀다. 비명인지 환호성인지 가늠하기가 어려

웠다. 담임 선생님이 활짝 웃으며 교실이 울리도록 우렁차게 말했다.

"오랜만이다. 너무 빨리 와서 놀랐니?"

거의 4개월 만에 보는 담임 선생님이었다. 푹 쉬어서인지 얼굴은 환하게 빛났고 특유의 미소는 더욱 자신만만한 기운을 뿜었다. 부러졌다던 오른쪽 다리도 멀쩡해 보여서 마치 이제 막 여행에서 돌아온 사람 같았다. 진심인지 아닌지 모르겠으나 아이들은 저마다 환영 인사를 했다. 담임 선생님이 흡족한 얼굴로 아이들을 바라보았다. 교실을 둘러보며 감회에 젖는 것 같았다. 여기저기 둘러보던 담임 선생님의 시선이 칠판에 머물렀다. 칠판에 쓰인 ○, △, × 표시를 보며 담임 선생님이 고개를 갸우뚱했다.

"동그라미, 세모, 엑스… 무슨 암호야?"

담임 선생님이 앞에 앉은 아이들한테 묻자 다들 고개를 저으며 모른다고 했다. 그러자 담임 선생님은 아이들을 휘휘 둘러보며 물었다.

"다들 몰라? 나 없는 동안 게임이라도 한 거야?"

잠시 침묵이 흘렀다. 담임 선생님이 다시 물었다.

"누가 쓴 거야?"

선생님의 목소리가 점점 날카로워지고 있었다. 그때 정적을 깨고 목소리가 들렸다.

"제가 썼어요."

희지였다. 교실에 낮은 탄성이 흘렀다. 그 소리가 마치 '희지였구나, 희지였어.' 하고 속삭이는 것처럼 들렸다.

"왜 쓴 건데?"

담임 선생님이 물어봤지만 희지는 선뜻 대답하지 못하고 가만히 있었다. 담임 선생님이 재촉했다.

"쓴 이유가 있을 거 아냐?"

희지가 조금 망설이더니 어렵게 입을 뗐다.

"저, 그니까…… 애들이랑 다 같이 생각해 보고 싶어

서요."

희지의 대답에 담임 선생님이 고개를 갸웃했다.

"동그라미, 세모, 엑스, 이거에 대해서 생각해 본다고? 나는 무슨 뜻인지 모르겠다."

아이들은 묵묵부답이었다. 어제의 다툼을 아는 올랑즈와 모영만이 슬슬 눈치를 볼 뿐이었다. 담임 선생님은 더 이상 묻지 않고 칠판에 쓰인 글씨를 지우기 시작했다.

"그래. 생각해야 할 사람은 생각하고, 지금은 다른 이야기가 급해서……."

담임 선생님은 ○, △, × 표시를 남김없이 지운 후 교탁 앞에 섰다. 하고 싶은 말이 많은 얼굴이었다.

"자리에 우선 다 앉아. 너희들한테 정말 실망했다. 내가 병원에 있는 동안 2학기 중간고사 성적이 1학기보다 많이 떨어졌더라. 나 없다고 성적이 그렇게 떨어지다니……. 내가 정말 가슴이 미어져서 잠을 못 잤어."

살짝 장난기를 섞어 나무라는 담임 선생님의 말에 아이들의 어깨가 움츠러들었다. 마치 무슨 잘못이라도 저지른 것처럼 고개를 숙이는 아이도 있었고 자세를 고쳐 앉는 아이도 있었다. 담임 선생님은 옆에 끼고 온 서류철에서 종이 한 장을 꺼내 선주에게 주며 말했다.

"선주야. 이거 교실 뒷벽에 붙이고 애들 다 적으면 교무실로 가져와."

선주가 종이를 받아 교실 뒷벽에 붙이는 동안 담임 선생님이 말했다.

"자, 이제 심기일전해서 남은 기말고사 준비해 보자. 개인 면담부터 해야 할 것 같아서 일정표 만들어 왔다. 그간 모두 어떻게 지냈는지도 궁금하고 앞으로의 계획도 궁금하고."

말을 마친 담임 선생님은 다리를 살짝 절뚝이며 교실을 나갔다. 들어올 때는 멀쩡해 보였는데 다 낫지는 않은 모양이었다. 담임 선생님이 나가자 교실 이곳저곳에서 신음이 터져 나왔다. 예고도 없이 예상보다 빨리 돌아온 담임 선생님 때문에 다들 얼이 빠진 것 같았다. 모영은 희지를 쳐다보았다. 모영의 시선을 느꼈는지 희지도 모영을 쳐다보았다.

'애들이랑 다 같이 생각해 보고 싶어서요.'

조금 전에 희지가 했던 말이 떠올랐다. 모영은 희지가 한 말이 허공에서 떠돌다 사라져서는 안 된다고 생각했다. 그리고 제일 먼저 대답해야 할 사람이 바로 자신이라고 생각했다.

다음 날 아침, 모영은 엄마가 사 준 가짜 카드 지갑을 학교에 가지고 왔다. 모영이 쓰레기통에 버린 것을 엄마가 도로 빼놓았던 것이다. 나중에 그걸 발견하고 엄마한테 고맙다는 생각이 들었다. 모영은 검정색 네임펜을 꺼내 지갑 위에 'x'라고 썼다. 그리고 희지 자리로 가서 내밀었다. 자리에 앉은 희지가 눈을 동그랗게 뜨고 모영을 쳐다봤다.

"이게 뭐야?"

"×라고."

희지가 어리둥절한 얼굴로 모영을 쳐다보았다. 모영은 다시 또박또박 말했다.

"나도 ×라고."

희지는 모영이 내민 지갑을 유심히 바라보았다. 그제야 ×를 발견한 것 같았다.

"네가 말했던 거, 나도 생각해 보려고. 뭐가 맞는 건지 함께 고민해 보고 싶어."

모영은 희지의 입가에 빙그레 미소가 떠오르는 것을 보고 자리로 돌아왔다. 그리고 새삼스러운 기분으로 교실 안을 둘러보았다. 수련회 이후로 교실 안에서 숨죽이고 있던 자신의 모습이 떠올랐다. 이제 그럴 필요가 없다. 오랜만에 기분이 상쾌했다.

소비주의 사회에 우리는 어떤 답을 내려야 할까?

세상에는 정말 멋진 물건들이 많습니다. 예쁜 물건, 편리한 물건, 화려하고 세련된 물건 등, 우리 주변은 이런 물건들을 사라고 유혹하는 광고로 가득 차 있습니다. 그 속에서 우리는 무엇이 광고이고 무엇이 아닌지 구분하기도 어렵습니다. 실제로 어떤 물건은 우리의 생활을 한 차원 업그레이드해 주고 어떤 물건은 조금 더 나은 사람이 된 것 같은 느낌을 주기도 합니다.

하지만 모든 일이 그렇듯 긍정적이고 바람직한 측면만 있는 것은 아닙니다. 새로운 물건을 소유하고 싶은 욕망 때문에 우리는 갈등을 겪기도 하고 누군가를 원망하거나 자책하기도 합니다. 언뜻 이해할 수 없는 일입니다. 상품은 본래 인간이 편하고 즐거우라고 만든 것인데, 최근 우리 사회에서 일어나는 일들을 보면 무언가 거꾸로 된 것은 아닌가 생각하게 됩니다. 동시에 이런 질문이 머릿속을 떠나지 않습니다. 혹시 우리는 상품에 난 작은 스크래치에는 예민하게 반응하고 노심초사하면서 우리 마음에 난 스크래치는 쉽게 무시하는 게 아닐까?

《올랑즈 클럽》은 한 반 친구들 사이에서 생긴 어떤 '스크래치'에 관한 이야기입니다. 저도 무엇이 정답인지 아직 잘 모르겠습니다. 지금도 그 답을 찾으려고 애쓸 뿐입니다. 마지막에 모영이 희지에게 했던, "뭐가 맞는 건지 함께 고민해 보고 싶어."라는 말을 여러분에게 건네며 짧은 이야기의 끝을 맺겠습니다.

조규미